Albrecht Thaer

Über ländliche Arbeiterwohnungen

Antigonos

Albrecht Thaer

Über ländliche Arbeiterwohnungen

Unveränderter Nachdruck der Originalausgabe von 1872.

1. Auflage 2024 | ISBN: 978-3-38635-069-3

Antigonos Verlag ist ein Imprint der Outlook Verlagsgesellschaft mbH.

Verlag: Outlook Verlag GmbH, Zeilweg 44, 60439 Frankfurt, Deutschland, info@outlook-verlag.de
Vertretungsberechtigt: E. Roepke, Zeilweg 44, 60439 Frankfurt, Deutschland
Druck: Libri Plureos GmbH, Friedensallee 273, 22763 Hamburg, Deutschland

Die Wohnungsfrage hat gewiß das Anrecht eine Zeit= und Streitfrage genannt zu werden. Es wird zur Zeit um sie viel gestritten, vor Gericht, bei der Polizei, im Hause zwischen Miether und Vermiether, in Vereinen und Versammlungen; am Familientisch und in der Soirée ist sie das Gespräch oft geistreicher Reflexion oft tiefer Sorge; schneidender Hohn und ängstliche Unterwerfung vertragen sich, wo die Wohnung auf dem Spiele steht. Der behäbige Hauswirth und der scheue Miether sind zur Redensart geworden, aber der hypothekenbelastete Hausbesitzer mit leeren Etagen ist nicht beneidenswerther als der Miether mit zahlreicher Familie, der zum nächsten Quartal ein seinem spärlichen Gehalt angemessenes Obdach sucht. Hohe Kaufpreise wirken naturgemäß hohe Miethspreise. Der Wirth selbst, der sein Haus verkauft hat, wird Miether, der Gang seiner Reflexion wird ein anderer und er geht als Streiter in's entgegengesetzte Lager über. Das Rennen und Jagen unmittelbar nach den Kündigungsterminen, die hoch aufgethürmten Möbelwagen mit ihrem bunten Gemisch von Geräthen, welche in die innersten Räume der wandernden Familie blicken lassen, die ängstliche Hausfrau neben dem corpulenten Fuhrherrn und dem schwer zu behandelnden Träger: Alles mahnt an das alte Bibelwort: „Wir haben hier keine bleibende Stätte."

„Ja so ist es in der Stadt — aber auf dem Lande kennt

man doch solche Zustände nicht," lautet der Einwurf. Freilich dem unmittelbaren Anblick entziehen sie sich mehr auf dem Lande, aber wenn wir bedenken, daß die Bevölkerung einer Stadt wie z. B. von Berlin, sich in der umgebenden Provinz auf dreihundert Quadratmeilen und auf dreitausend verschiedene Wohnplätze vertheilt, so ist bei solcher Verdünnung des Phänomens ein mit Armuth vollgepackter Ackerwagen und der Hundekarren im kleinen Dorf das richtige Seitenstück zur innerlich wandernden und wechselnden Bevölkerung der Hauptstadt.

Ich will nun in den folgenden Blättern, mit Ausscheidung alles Uebrigen, nur die Landgemeinde und die Wohnungsfrage der ländlichen Arbeiter in's Auge fassen.

Die Grenzlinie zwischen Stadt und Land ist freilich eine sehr unklare. Manche pommersche ackerbautreibende, noch die Spuren alter Befestigung tragende Stadt erscheint mehr ländlich als ein rheinisches Dorf, die weit ausgestreckten reichen Bauerngemeinden Sachsens mit niedrigen Wohnhäusern und zahlreichen Gärten, die Einzelhöfe Westphalens, das Norddeutsche Rittergut mit seiner massiven Arbeitercolonie bilden einen völligen Gegensatz gegen das verbaute Convolut von zwei- und dreistöckigen Häusern eines hessischen Gebirgs-Dorfes. All diese Manigfaltigkeiten in Anlage und Entwicklung der Dorfschaften bieten uns aber den einen gemeinsamen Vergleichspunkt, daß die Hauptbeschäftigung der Einwohner der Ackerbau ist, oder doch sein sollte, daß darinnen grundbesitzende Familien vorhanden sind und ein ländlicher Arbeiter-, auch Handwerkerstand, theils in eigenen Wohnungen lebend, theils in gemietheten.

Diese Arbeiterwohnungen nach Bauart, innerer Einrichtung, Zubehör an Garten und Stallung von technischer, finanzieller und ethischer Seite zu betrachten, ist der nähere Zweck der vorliegenden Aufgabe. Und wofern auch der Fabrikherr und Grubenbesitzer es vorziehen sollte, seine Arbeiter auf dem Lande statt in der Stadt zu logiren, so dürften die nachfolgenden Blätter auch

für diesen, meines Erachtens in Zukunft immer häufiger eintretenden Fall, Material enthalten. Möchte es mir gelingen, dadurch
einen kleinen Baustein zu liefern für die weitere Klärung der
sogenannten „socialen Frage".

I.

Eine jede Wohnung, betrachtet als Obdach und Aufenthalts-
stätte einer Familie bei Tag und bei Nacht, abgesehen von irgend
welcher geschäftlichen Thätigkeit muß, wenn sie normal sein soll,
das heißt den Ansprüchen an ein naturgemäßes und sittliches
Menschenleben entsprechend, drei Eigenschaften vereinen: sie muß
ein ungestörtes Familienleben gestatten, sie muß ferner gesund
sein und drittens eine solche Behaglichkeit des täglichen Lebens
gewähren, daß jedes einzelne Familienmitglied sich wohl darinnen
fühlt und den Aufenthalt daheim jedem auswärtigen vorzieht.
Diese Forderungen, bezüglich deren man bei den meisten städtischen
Arbeiter-Wohnungen heut zu Tage sehr tolerant sein muß, insofern viele Familien in einem Hause wohnen, Luft und Licht oft
fehlen und demgemäß jedes Mitglied froh ist aus den dumpfen
Gemächern hinaus in die freie Natur, sei es auch nur ein öffent-
liches Vergnügungslokal, zu wandern, — diese Forderungen lassen
sich durch Bauart und innere Einrichtung weit leichter bei ländlichen Wohnungen erfüllen, und bedürfen dort auch einer besonderen Aufmerksamkeit, da anderweite Genüsse und Anregungen
des Geistes in geringerem Maße vorhanden sind als in der Stadt.

Wenn es vom idealen Standpunkt aus auch sehr schön und
herrlich sein mag den Socialismus nach Art der ersten Christen-
gemeinden in das tägliche Leben hineinzuziehen, so ist bei der
Unvollkommenheit des Menschen und seiner Freiheit liebenden
Organisation eine Abgränzung der Befugnisse, der Rechte und
Pflichten doch zur Nothwendigkeit geworden, und diese Anforde-
rung tritt auch in den Vordergrund in Bezug auf die Wohnung.
Eine jede Familie streng geschieden von der andern, besondere

Wohn- und Wirthschaftsräume, Küchen, Eingänge, womöglich auch ein besonderes Dach über dem Haupte, solche Abgränzung erhält am besten den Frieden unter den Nachbarn, oder hindert doch gewiß nicht ihn zu erhalten, wenn sonst nur die Bedingungen dazu vorhanden sind. Diese Ansprüche an eine gänzliche Sonderung der Familie erfüllt nun freilich am vollkommensten ein einzelnstehendes Haus, und Gehöft das heißt die altgermanische Einrichtung nach Tacitus Ueberlieferung „colunt discreti", die Einzelwohnung. Der damalige ländliche Arbeiter war der Bauer, seine Familie, seine etwaigen Hausclaven. Selbst bei der späteren Knechtung des Bauern im Mittelalter, blieb das Bauerngehöft als einzelnes unangetastet und es hat sich in Deutschland stellenweis bis heut genau in seinen alten Abgränzungen erhalten. Das friesische, groningensche Haus mit Stall und Scheuer unter einem Dache, der westphälische Einzelhof sind die lebendigen Bilder einer ungestörten und in regelmäßiger Entwicklung begriffenen Vorzeit. Nun, der Bauer ist durch die Emancipation in sein altes Menschenrecht eingesetzt, er ist „Gutsbesitzer" geworden. In den Groninger Marschen stehen die alten Häuserformen, aber die Façaden sind modern ausgebaut, ein Springbrunnen plätschert vor dem Giebel, reich möblirte Zimmer befinden sich seitlich des Flures, große Spiegelscheiben trennen die Wohnräume vom Kuhstall. Der Boer führt den Besucher mit Behagen gern umher, und das Gespräch ergiebt bald, daß er der französischen und englischen Sprache völlig kundig ist. Ob der russische Bauer, welcher eben zur Freiheit erwacht, welcher ebenfalls sein Einzelhaus und Gehöft bewohnt, auch einst diese Phase des Wohllebens erreichen wird?

An Stelle des früheren Bauern ist nunmehr der vierte Stand, der Taglöhner, auf dem Lande getreten. Er lebt an vielen Orten gewiß weit besser als je die Bauern im Mittelalter, ja vielleicht behaglicher und reichlicher als die Ritter in jener Zeit gelebt haben. Aber er wohnt zur Miethe bei einem Besitzer, er muß sich genügen lassen mit den Wohnräumen welche ihm geboten werden, sein Capital ist nicht die Scholle, sondern seine Arbeitskraft, er kann nicht so viel erübrigen und anlegen, sich ein Haus zu bauen, das Bauen übernimmt der Brodherr. Für diesen aber ist die finanzielle Frage: „wie kann ich mit den geringsten Mitteln so bauen, daß ich den Taglöhner seßle?“ oder, welches ist das niedrigste Maß des Bedürfnisses, daß bei dem Tagelöhner im Anspruch an die Wohnung maßgebend ist?“ Wenn hierbei n u r die Geldfrage ins Spiel tritt, so wird ein Zustand eintreten, in welchem der Gutsherr danach strebt, das menschliche Bedürfniß des Taglöhners herabzudrücken, etwa so weit bis eine Auswanderung ihn anderen Sinnes macht. Zum Glück ist aber doch die Humanität ein stark mitredender Factor; auch tritt als Gegenwirkung die militärische Dienstzeit ein, welche, eine Art Hochschule für den stumpfen Dorfburschen, diesen mit anderen Bedürfnissen als die er in seiner dürftigen Heimath hat kennen lernen, vertraut macht und dadurch zwar ungenügsamer aber auch strebsamer nach besseren Zuständen. Es hat sich sonach ein stillschweigendes Pactum gebildet eines Wohnungsbaues, wie der Taglöhner ihn beansprucht und der Gutsherr ihn bewilligt; es haben moralische Reflexionen den einseitigen Kostenpunkt etwas verschoben; man hat erkannt, daß Bildung des Arbeiters seine Leitung nicht erschwert sondern erleichtert; — ja man geht hinaus über die Frage: „was verlangt der Arbeiter“, der Gutsherr fragt jetzt: „wie kann ich in dem Arbeiter ein rechtes Wohlgefallen an einer guten, reinlichen und comfortablen Wohnung erwecken?“

So haben sich Gedankengang und Praxis gestaltet bei dem Grundbesitzer in England, Schottland, in einem großen Theile Norddeutschlands, einem Theile Süddeutschlands, sehr zum Segen der Bodenkultur, leider aber noch nicht in allen Theilen unseres Vaterlandes. Es giebt Districte, wo große Grundbesitzer, welche ihre Besitzungen verpachtet haben, die darauf etwa befindlichen Tagelöhner Häuser allmählig verfallen und eingehen lassen; sie wollen eben keine Tagelöhner in dem Bereiche ihres Bezirks haben, und der Pächter möge zusehen, wie er Arbeiter bekommt. Diese Zustände sind offenbar unhaltbar, und werden mit einer solchen Theurung der Arbeitskraft an den einzelnen Localitäten enden, daß um die Grundrente nicht allzu tief sinken zu lassen, schließlich der Besitzer doch zum Häuserbau für stehende Arbeiter-Familien seine Zuflucht nehmen muß.

Nach diesen Vorbemerkungen treten wir nun an die concrete Baufrage heran. Ich bemerke, daß ich diese Frage nicht als Bauverständiger behandle, sondern als Landwirth, und aus einer Reihe von practischen Erfahrungen bei Bauten, ausgeführt nach eignen Angaben und auf eigne Kosten. Den Baumeister bitte ich um freundliche Nachsicht bei Incorrectheiten des Ausdrucks, meinen Fachgenossen werde ich theilweise auch von ihnen Erlebtes bieten müssen; inwiefern auch der Fabrikherr für einzelne Fälle meine Mittheilungen benutzen dürfte, habe ich oben erwähnt, und wer sonst von den Lesern dieser Blätter ein Herz für die Sache hat, wird wenigstens den guten Willen erkennen, der die vielen einzelnen und geringfügigen Thatsachen gern in ein Gesammtbild bringen und dadurch zum Fortschritt und der gedeihlichen Entwicklung unserer Arbeiterzustände ein Wenig beitragen möchte.

II.

Schon in den Grundplänen unserer ländlichen Arbeiterwohnungen begegnen wir einer großen Manigfaltigkeit. Wenn wir von den Kasernen mit Corridoren absehen, welche in einigen Theilen Schlesiens existiren, wo jede Familie einen nicht heizbaren Raum zum Schlafen erhält, und zehn bis zwanzig Familien einen sehr großen Saal als Kinderstube, Küche und Eßraum gemeinsam benutzen, eine sehr demoralisirende und Krankheit begünstigende

Einrichtung — so sind vier Familienwohnungen, um eine Feuer=
stätte gelegt, die compendiöseste Bauart.

Plan No. 1.

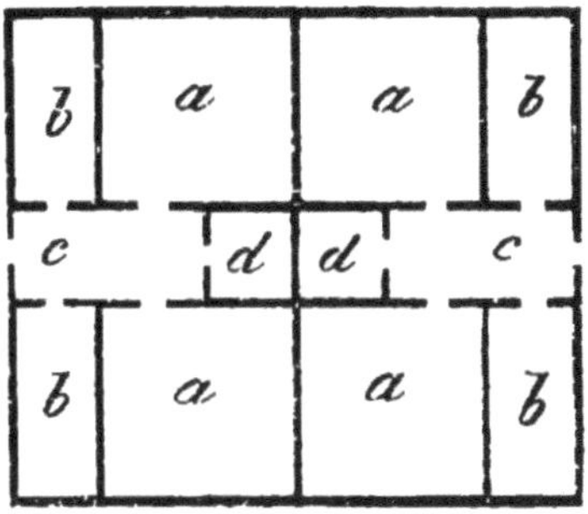

Arbeiterhaus No. 1 für vier Familien, mit einer Feuerstelle in der
Mitte des Hauses, zwei Küchen und zwei Eingängen.

    a) die vier Wohnstuben,
    b) die vier Kammern,
    c) die beiden gemeinschaftlichen Eingänge,
    d) die beiden gemeinschaftlichen Küchen.

Es befindet sich bei diesem Vierfamilienhaus die Feuerung
in der Mitte desselben, auf jeder Giebelseite ist ein Eingang, die=
ser führt auf einen Flur, von welchem rechts und links die Thü=
ren der Wohnungen liegen, und durch welche man gerade aus
in eine für zwei Familien gemeinsame Küche kommt. Die vier
Wohnstuben und die zwei Küchen liegen sonach in nächster Nähe
um den Rauchfang, und die vier Kammern an den beiden Giebel=
seiten des Hauses. Diese Einrichtung hat den Vortheil großer
Billigkeit und daß die Wohnstuben sich bei sonst guter Bauart leicht
warm erhalten lassen. Die Kammern aber sind sehr kalt und
die Gemeinsamkeit der Küchen bringt mancherlei Nachtheil mit
sich, so wie auch der gemeinschaftliche Flur öfters Streitigkeiten
veranlaßt, und meistens unsauber bleibt.

Ein gleiches gilt von einem Grundplan, welcher vor dreißig
Jahren noch sehr beliebt war, nämlich drei Familien um eine
Feuerstätte zu legen. Der Eingang befand sich auf der Frontseite,

eine Wohnung lag alsdann rechts, die andere links vom Haus=
flur, geradeaus kam man in eine Dreien gemeinsame Küche und
von dieser in die nach der Hinterseite des Hauses gelegene dritte
Wohnung. Auf diese Weise konnte man nun bis zwölf Familien
in einem allerdings sehr langen und dadurch unschönen Hause
unterbringen. Man ist indeß von dieser Bauart jetzt gänzlich
abgegangen.

Eine zweckmäßige Abänderung in dem oben erwähnten Vier=
familienhaus ist dadurch getroffen worden, daß man jeder Familie
ihren besonderen Eingang gegeben hat.

Plan No 2.

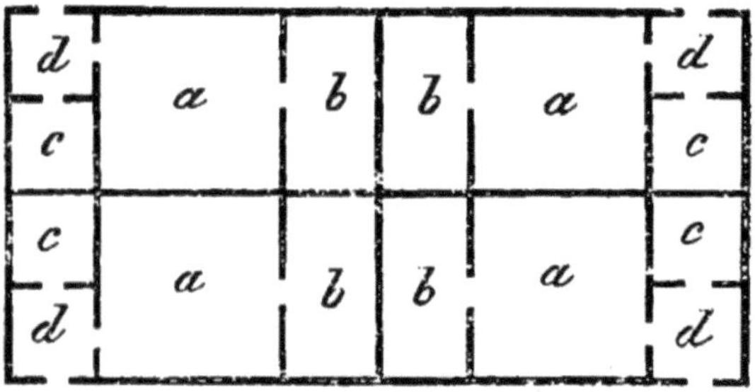

Arbeiter=Haus No. 2 für vier Familien, zwei Feuerstellen. Dasselbe ist
im Jahre 1870 auf einem mir damals gehörigen Gute ausgeführt. Länge
66 Fuß Rh. und Tiefe 35 Fuß Rh., Fundament aus Granitstein, die Kam=
mern unterkellert, die Hauswände massiv aus Mauerstein, doppeltes Ziegel=
dach, auf dem Boden zwei Wohnungen für Altsitzer oder Wittwen. Gesammt=
kosten des Hauses 2188 Thlr., Kosten der sechs massiven Stallungen 449 Thlr.

    a) die Wohnstuben,
    b) die Kammern,
    c) die Küchen,
    d) die Eingänge.

Um die Entfernung zwischen denselben möglichst groß zu
machen, legt man die vier Eingänge an die äußersten Enden der
beiden Längsseiten des Hauses. Es ist aber alsdann nöthig, zwei
Feuerungen für je zwei an ein und demselben Giebel wohnende
Familien anzulegen. Sonach führt dann die Eingangsthür jeder

Familienwohnung auf einen kleinen Flur, von hier geradeaus in die Küche, rechts resp. links in die Wohnstube und von dieser aus in die Kammer. Die vier Kammern liegen alsdann in der

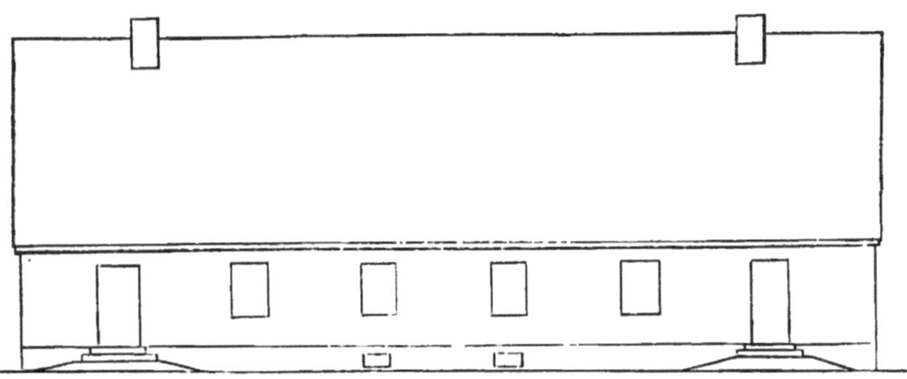

Front des Vierfamilienhauses No. 2.

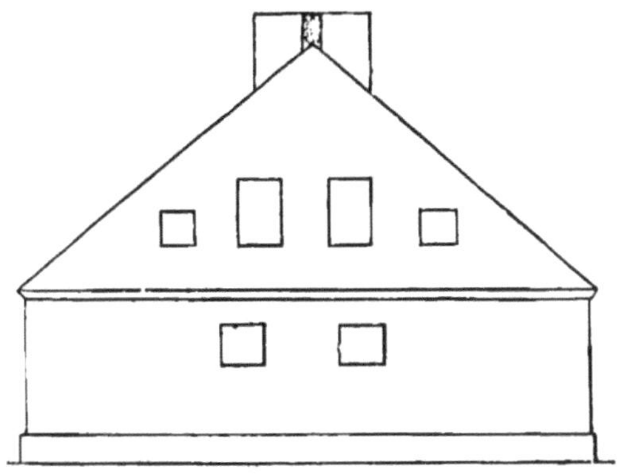

Giebel des Vierfamilienhauses No. 2.

Mitte des Hauses nebeneinander und sind dadurch wärmer als wenn sie nach der Außenwand zu liegen; man legt die beiden Fronten dann nach Ost und West zu, so daß die Giebel nach

Nord und Süd stehen. Dieser Grundplan ist für die durchschnitt=
lichen deutschen Verhältnisse der entsprechendste, sowohl wegen sei=
ner Billigkeit in Ausführung als seiner Zweckmäßigkeit für Isoli=
rung der Familien, ohne sie zuweit von einander zu trennen.
Auch habe ich gefunden, daß die Arbeiter diese Wohnungen am
meisten bevorzugten, wenn ihnen die Wahl gelassen wurde. Der
einzige Nachtheil, welchen man dieser Anlage zur Last legen kann,
ist der, daß jede Wohnung nur einen Ausgang hat, also alle Ab=
fälle, das unreine Wasser und dergl. durch diesen einen Ausgang
herausgebracht werden müssen. Da dies nicht stets mit der nöthi=
gen Sorgfalt geschieht, auch das Wasser oft rücksichtslos vor die
Thür gegossen wird, so werden die Eingänge leicht unsauber und
im Winter durch Glatteis gefährlich. Ordnung kann hier indeß
stets abhelfen. Will man es durch einen doppelten Ausgang be=
werkstelligen, so bietet sich ein Grundplan dar, welchen ich auch
selbst beim Bauen befolgt.

Plan No. 3.

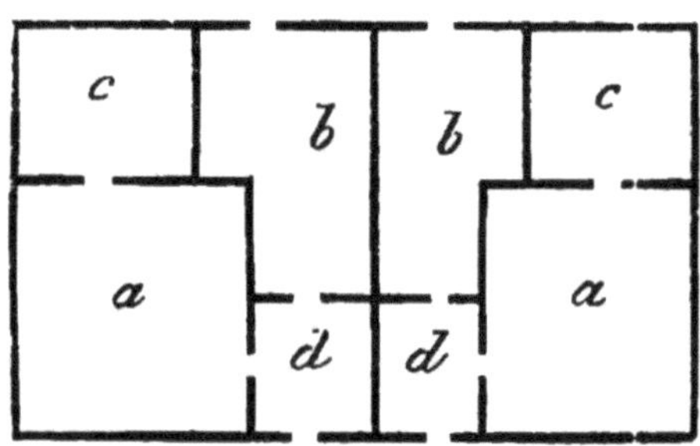

Arbeiterhaus No. 3. für 2 Familien mit zwei Feuerstellen.

a) Wohnstuben,
b) Küchen mit Ausgang zum Hofe,
c) Kammern,
d) vordere Eingänge,

Ausgeführt auf einem früheren Thaerschen Familiengut, massiv mit Ziegel
dach, die Kammern unterkellert. Kosten des Hauses 763⅓ Thlr, des Stalles für
zwei Familien 80 Thlr., ohne Fuhrenleistungen. Länge 40 Fuß, Tiefe 24 Fuß Rh.

Man legt das Arbeiterhaus in der Tiefe nur für eine Familie

an, der Fronteingang führt in den Flur, dieser geradeaus in die geräumigere Küche und von dieser leitet ein Ausgang auf den Hof. Leicht ist dann Reinlichkeit zu erhalten, insofern alle Abfälle sofort direct in den Hof und den dahinter gelegenen Stall wandern. Die Wohnstube und Kammer liegen dann seitlich vom Flur. Man kann in einem etwas langen Hause dann vier Familien unter einem Dach und allenfalls auch um zwei Feuerstätten logiren. Weil ein solches Haus aber nicht tief ist, so wird es leichter vom Winde durchkältet, und die Zwischenthüren müssen im Winter sehr sorgfältig verschlossen gehalten werden.

Man spricht in neuerer Zeit viel von den englischen Arbeiterhäusern. Ich kenne das Landleben in England durch längeren Aufenthalt daselbst und will nur Folgendes hierher gehörige anführen. Wenn man die home farm eines Earl besucht, gelegen mitten in einem großen und trefflich gepflegten Park, so ist der Anblick der sauberen Hofgebäude ein überaus angenehmer, und noch wohlthuender wirkt die gewöhnlich sehr geschmackvoll

Plan No. 4.

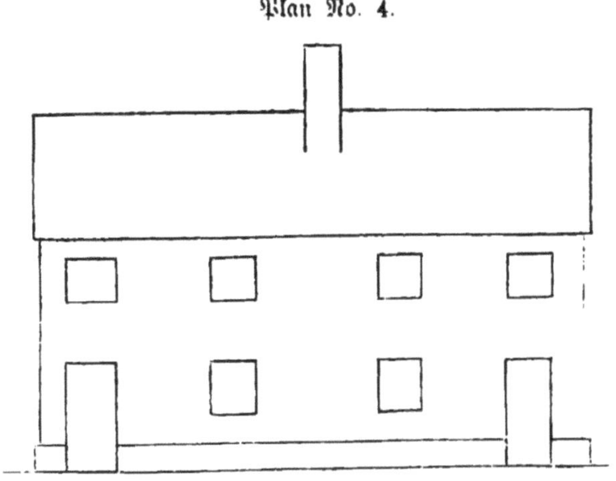

Englisches Arbeiterhaus für zwei Familien.

angelegte Arbeiter-Colonie. Durchschnittlich wohnen zwei Familien in einem zweistöckigen Hause, unten sind die Wohn- und im oberen Geschoß die Schlafräume. Man tritt durch die Hausthür in einen kleinen Flur, rechts resp. links von demselben liegt die geräumige Wohnstube, gerade aus die reinlich gehaltene Küche, links eine kleine Vorrathskammer. Von der Küche führt eine Treppe in den oberen Stock, woselbst sich drei Schlafzimmer befinden. Dieser Grundplan ist auch bei weniger bemittelten Gutsherrn und Gentlemen farmers der üblich gewordene, mit mehr oder weniger Eleganz ausgeführt. Manche Herren gehen so weit, ihren Arbeitern noch Putzzimmer (pride rooms) anzulegen und auch zu möbliren, ja sie legen blau und roth eingebundene Bücher auf die mit schönen Decken bekleideten Tische; von solcher Decoration, deren moralischen Werth ich nicht verkennen will, müssen wir bei der technischen Baufrage absehen. Immer aber überrascht uns der Comfort einer gewöhnlichen ländlichen Arbeiterwohnung, und unwillkürlich treibt es den bemittelten und human denkenden deutschen Grundbesitzer derartige Einrichtungen im eignen Vaterlande nachzuahmen. Ich kann aber diese Nachahmung nicht praktisch finden, denn unser Lohnsystem ist noch nicht auf der Höhe wie das des englischen Landarbeiters, kann es auch nicht sein, weil Grund und Boden so wie Betrieb der Landwirthschaft durchschnittlich eine weit geringere Rente abliefern. Die Frau des englischen Tagelöhners arbeitet fast nie auswärts gegen Lohn, sondern nur für sich im Hause, sie vermag also eine so geräumige Wohnung auch in Ordnung zu halten; wir können in der deutschen Landwirthschaft die Frauenarbeit noch nicht entbehren. Aus diesem Grunde erachte ich die eben erläuterten Baupläne für je vier oder zwei Familien als die für unsere Verhältnisse am besten geeigneten.

Die Größenverhältnisse anlangend, so supponiren wir als Durchschnitt eine Familie mit vier Kindern beiderlei Geschlechts und bemessen danach die erforderliche Ausdehnung der Wohnräume, indem wir nichts Ueberflüssiges beanspruchen, wohl aber eine menschenwürdige Logirung und Trennung, wie sie für Sitte,

Gesundheit und häusliches Leben erforderlich ist. Menschen, welche geboren sind, haben auch das Recht zu leben, sich geistig und leiblich zu entwickeln und sich ihres Daseins zu freuen, — es ist nicht des Schöpfers Wille, daß sie in Schmutz, Krankheit, Stumpfheit und Freudlosigkeit ein frühes Grab finden. Nur wenn Familie, Gemeinde, Staat und Kirche in Verfolgung dieses Zweckes zusammen wirken, kann ein Volk seine Freiheit bewahren und blühen; wenn ein Glied leidet und sei es die ärmste Categorie der menschlichen Gesellschaft, so krankt der ganze Staat. Dies vorausgesetzt ergeben sich etwa folgende Zahlen für den Raumbedarf.

In der Wohnstube müssen stehen

zwei breite Betten, eine Grundfläche einnehmend von	2,5 ☐ Metr.
ein Tisch	1,5 ☐ Metr.
ein Kleiderschrank / ein Geschirrschrank } à ½ ☐ Metr.	1,0 ☐ Metr.
sechs Stühle	1,5 ☐ Metr.
zwei Commoden	1,0 ☐ Metr.
Kachelofen mit herumgehender Ofenbank	2,0 ☐ Metr.
	9,5 ☐ Metr.

Wenn sonach Raum zu der gewöhnlichsten Beschäftigung übrig bleiben soll, so muß bei der kümmerlichsten Zumessung das Wohnzimmer einen Quadratraum von 16 Quadrat=Meter umfassen, in besserem Maße aber 25 Quadrat=Meter. Zur Kammer, in welcher erforderlichen Falles ein drittes Bett, die Arbeitsgeräthschaften, ein Theil der Vorräthe sich befinden, genügt die Hälfte des Maßes der Wohnstube, also 12,5 Quadrat=Meter, und Flur und Küche mögen zusammen auch mit diesem Grundraum bestritten werden. Sonach muß für eine Arbeiter=Familie in unseren gegenwärtigen Verhältnissen 50 Quadrat=Meter Wohnraum gerechnet werden, von dem etwa der vierte Theil zu unterkellern ist. Der Bodenraum über einer solchen Wohnung pflegt mehr als ausreichend zu sein, da brennbare Futtervorräthe daselbst in keiner Weise untergebracht werden dürfen, und es ist öfters möglich und vortheilhaft, noch zwei Giebelstuben für einzelnstehende Frauen oder Männer in einem gewöhnlichen Vierfamilienhaus anzulegen.

Die Höhe der Zimmer darf nicht unter sieben Fuß sein, ist jedoch auch über acht Fuß nicht beliebt bei den Arbeitern. Besonders empfehlenswerth ist es, die Decken-Balken in ihrer ganzen Stärke in die Zimmer hineinragen zu lassen, weil daran sehr bequem Nägel und Haken eingeschlagen und allerlei Utensilien aufgehängt werden können.

Wenn in einer solchen Wohnung ein kinderloses Ehepaar reichlich, fast überreichlich Raum hat, so muß man doch auch bei Anlege derselben darauf rechnen, daß in manchen Familien außer vielen Kindern auch noch ein Altsitzer zu ernähren und im Wohnraum aufzunehmen ist, also die Zahl bis sieben und acht Insassen steigen kann, selbst wenn die eingesegneten Kinder anderweit vermiethet werden. Es nehmen daher manche Gutsherrn sofort bei Erbauung von Arbeiterhäusern darauf Rücksicht und stellen kleinere oder größere Wohnungen mit gar keiner oder doch einer geringen Verschiedenheit des Miethspreises her, und vermögen so den kleineren und den zahlreicheren Familien je nach deren Bedürfnissen Rechnung zu tragen. Viel spricht hierbei die Brennmaterialfrage mit; so angenehm dem Arbeiter der größere Raum und die Möglichkeit der Ausdehnung im Sommer ist, so eng drängt sich oft Alles im Winter zusammen, Zustände, welche in vermindertem Maße bei wohlhabenderen Familien ja ebenfalls eintreten und die Grundfläche der zu miethenden Wohnung wesentlich beeinflussen.

III.

Nach Betrachtung der Grundpläne wenden wir uns zum Baumaterial der Umfassungswände.

Sehr behaglich wohnt der Arbeiter im russischen oder amerikanischen Blockhaus, aus starken gut ausgetrockneten Stämmen construirt und die Fugen mit Moos dicht verbunden. So unan=

genehm auf die Dauer das Wohnen in einer Bretterbaracke ist, unbeschadet ihrer Nützlichkeit für Lazarethe, so wohl fühlt man sich in diesem rohen Stammhaus. Schnell und leicht auch von unkünstlerischer Hand zu erbauen, kann nur der Preis des starken Holzes ein Grund sein, von dieser Bauart abzugehen. Im Winter ohne Schwierigkeit in gleichmäßiger Temperatur zu erhalten, bewahrt es auch in der größesten Sommerhitze eine wohlthuende Kühle. Die Haltbarkeit eines solchen Hauses erstreckt sich auf ein Jahrhundert und darüber, und doch kann es leicht abgebrochen und ohne erheblichen Materialverlust an eine andere Stelle transportirt werden. Den Vorwurf, daß Insecten sich stärker einnisteten als in anderen Häusern, habe ich, wofern nur die erforderliche Reinlichkeit beobachtet wird, keineswegs begründet gefunden. Der einzige Gegengrund gegen das Blockhaus, besonders das mit Stroh gedeckte, ist seine Feuergefährlichkeit; aber ein etwas isolirter Bau, Gärten und Bäume als trennende Medien, ein Anstrich des Holzes mit Alaun oder Wasserglas würden auch diesem Einwand begegnen, und sonach das Wohnen in solchem oft sehr gering geschätzten Hause, ganz sicher machen. Wo also eine solche Bauart üblich und finanziell zu rechtfertigen ist, würde ich nie rathen, sie abzuschaffen.

Eine in Deutschland sehr gebräuchliche Bauconstruction ist die aus Holzfachwerk; selbst in Städten kann man sich, wo sie nicht polizeilich verboten ist, nicht davon lossagen. Auf dem Lande reicht sie von der Ostsee bis zu den Alpen und von der Maas bis zum Pregel. Man sollte sie also wohl für zweckmäßig halten. Sie ist es auch bei theuren Steinpreisen, billigen Preisen für mittelstarkes Holz und wenn die Fächer mit Flechtwerk und Lehm ausgefüllt werden. Solche Wohnhäuser sind, vorausgesetzt, daß das verwandte Holz nicht mehr grün war, trocken und bei jährlicher sehr sorgfältiger Reparatur, guter Bekleidung der Außenwände mit Brettern, Rohrwerk oder Dachsteinen, allenfalls auch mit Pappe, warm zu erhalten. Dies sind aber so viel Nebenbedingungen, daß es fraglich ist, ob sich derselbe Zweck nicht billiger und bequemer durch andere Materialien erreichen läßt. Sehr fehlerhaft ist es, die Holzfächer mit gebrannten Mauersteinen auszufüllen. Jeder, der eine solche Wand dauernd beobachtet hat, wird finden, daß die Steingefülle sich innerhalb des Faches senken, dadurch bildet sich an der Unterseite des horizontalen Holzes ein Zwischenraum im Fach, durch welchen der Zugwind einen offenen Weg in den Wohnraum findet. Ich halte diese Bauart für einen Grund der so häufig bei den Arbeitern auftretenden rheumatischen und gichtischen Leiden — denn wenn die Wand nicht dicht ist — wohin sollen sie flüchten? Außerdem stockt Holz an Kalk sehr leicht, so wie Feuchtigkeit eindringt, und daher werden die Kanten des Holzwerks in wenigen Jahren so stark angegriffen, daß sie selbst durch sorgfältiges Verstreichen der Risse nicht dicht zu erhalten sind. Ich hielt es für nothwendig, auf diesen Nachtheil des Fachwerks mit Mauersteinausfüllung gegenüber der Lehm- und Strohausfüllung hinzuweisen, da man gewöhnlich ersteres mit großem Unrecht für besser hält, weil es theurer ist und scheinbar zierlicher. Auch für Ställe möchte ich den Fachwerkbau nicht loben, während derselbe für Scheunen nicht unzweckmäßig ist. Wenn man, wie es öfters geschieht, eine Schicht Mauersteine von außen auf halbe Steinstärke vormauert, so fallen freilich viele der erwähnten Uebelstände fort, aber man hat dann auch ein fast massives Haus. Zu Schwellen rathe ich beim Fachbau besonders Acazienholz zu verwenden, es ist am meisten widerstandsfähig gegen das abwechselnde Naß- und Trockenwerden im Erdboden.

Der überaus dauerhafte und billige Bau aus zwischen Brettern gestampftem Kalkpisé, im Gemenge von etwa einem Theil Kalk auf zehn Theile Sand, ist für Wohnhäuser nach den mir bekannten Thatsachen durchaus nicht zu empfehlen. Die Häuser sind beständig feucht und es entwickelt sich der Hausschwamm in einer Weise, daß die Räume fast unbewohnbar werden. Denselben Nachtheil möchte ich den aus Kalkpiséfteinen gemauerten Wohnhäusern, wie solche in einigen Gegenden Deutschlands jetzt gern gebaut werden, in Aussicht stellen. Sehr viel besser scheint sich das Kiesgußmauerwerk zu bewähren, Steinstückchen im Cementgußverband. In London sind durch die Concretbau Company schon eine größere Anzahl Arbeiterwohnungen mit diesem Material erbaut, dieselben sollen bei einer großen Billigkeit sich durch Trockenheit, gute Luft und Wärme auszeichnen, und insbesondere dadurch die ganze Hauseinrichtung vereinfachen, daß alle Haken für Thüren und Fenster beim Bau sofort eingemauert und auch die Falzen aus Steinmaterial hergestellt werden. Noch ist diese Verwendung des sonst alten Betonbaues in unserem Klima zu neu, als daß sich bereits ein endgültiges Urtheil darüber fällen ließe. Jedenfalls wird wie bei allen Stampfbauten das Material bei etwaigem Umbau oder Abbruch eines Hauses werthlos.

Der gestampfte Lehm oder der Bau aus bloßen geformten und lufttrockenen Lehmsteinen ist in Ungarn, in den Donau- und Theißniederungen sehr verbreitet. Durch die große Reinlichkeit, welche der ländlichen Bevölkerung dort eigen ist, die Sorgfalt, mit welcher fortwährend jeder kleine Schaden im Innern und Aeußern des Hauses ausgebessert wird, durch den alljährlich erneuten sauberen Kalkanstrich üben die Wohnhäuser mit ihren zierlichen Veranden in den stattlichen großen Dörfern einen überaus wohlthuenden Eindruck auf den Beschauer. In unseren nordischen Klimaten habe ich diesen Eindruck nicht empfangen. Die Arbeiter lieben die Lehmhäuser nicht, vernachlässigen sie im Innern, dadurch nehmen Mäuse und Ratten sehr bald darin Ueberhand und zerwühlen das Lehmwerk; von Außen wäscht der Regen den Anstrich ab, es bröckeln Stücke aus der Umfassungsmauer, Wasserläuschen bilden sich an den Fensterkanten, so daß bald ein solches Haus einen jammervollen Anblick darbietet, ein Typus der Unordnung.

Der Massiv-Bau aus natürlichen Steinen ist selbst redend an das locale Vorhandensein letzterer und deren Qualification zur Umfassungsmauer gebunden. Der schöne Granitstein der erratischen Blöcke auf dem norddeutschen Diluvium findet an Dauerhaftigkeit wohl kaum seines Gleichen und ist dem Insassen das liebste Material. Er bedarf zwar vielen Kalkes zum Mauern, verlangt geschickte Maurer, muß sorgfältig behauen und in einander gepaßt werden, und dadurch wird der Bau theurer, selbst wenn das Material nichts kostet, ja sogar als schädlich vom Acker entfernt werden muß. Ferner müssen die Wände und somit auch die Fundamente stark angelegt werden, um die Massengesteine gehörig auszunutzen. Dadurch aber wohnt sich's in einem solchen Granithaus auch so köstlich kühl im Sommer und warm im Winter, keine Reparatur stört die Hausordnung, kein Ungeziefer nistet sich ein, selbst die Fliegen vermeiden im Sommer die kühlen Räume. Ein Fehler ist zuweilen Feuchtigkeit, wenn viel eisenhaltige Granite im Gemäuer sich befinden und dann ist Ventilation wichtig. Dieser Fehler der Feuchtigkeit findet sich auch in den Wänden aus Muschelkalk und andern natürlichen Kalksteinen, weniger in den schönen Sandsteinen Süd- und Westdeutschlands, welche aber bisher wenig zum Bau von Arbeiterhäusern verwandt werden. Anders in Frankreich und besonders in England. Es ist kein geringer Vorzug Englands, daß es fast in allen Grafschaften zahlreiche Brüche guter Bausteine besitzt, so daß dieselben ohne erhebliche Transportkosten zum Bau ländlicher Wohnungen verwendet werden und diese massiv und billig hergestellt werden können.

Alle im Vorigen erwähnten Baumaterialien können indeß ersetzt werden, und dies scheint für Deutschland von jetzt ab maßgebend zu sein, durch gebrannte Ziegelsteine. Freilich besitzen wir auch von diesem Material eine Stufenreihe von dem werthlosen Bröckelwerk aufwärts bis zum glasartigen Klinker. Wenn die beste Qualität für ein Arbeiterhaus in der Regel auch zu theuer sein mag — in England fertigt und benutzt man freilich nur gute Mauersteine und kleinen Formats — so ist es doch gänzlich verfehlt, aus mangelhaft gebrannten oder der Thon=Substanz nach schlechten Steinen, die Umfassungsmauer der Wohnhäuser zu bauen. Beständige Feuchtigkeit, Salpeterbildung, Mauerfraß pflegen die Begleiter solchen Materials zu sein, die Möbel stocken an den Wänden, die Vorräthe verschimmeln und Reparaturen müssen beständig im Gang sein. Bei einem leiblich guten Ziegelstein=gemäuer hat man dies nicht zu besorgen und seine Einbürgerung ist ein entschiedener Fortschritt. Die Billigkeit des Mauerns, die Leichtigkeit, mit welcher überall die Wandstärke inne gehalten werden kann, das gleichmäßige Senken des ganzen Gebäudes, die rechtwinklich bleibende Kante, die Bequemlichkeit jedes Durchbruches, auch die fernere Benutzung des Materials bei erforderlichem Ab=bruch oder Umbau, alles stimmt zusammen, diese Bauart in den Vordergrund treten zu lassen. Noch ist es in Deutschland Sitte den Mauersteinbau nach Außen mit Kalk zu bewerfen und ab=zuputzen. Es ist nicht zu leugnen, daß hierdurch die Wand dich=ter gemacht und verstärkt wird, sonach alle Vortheile einer der=artigen Wand den Bewohnern zu gut kommen, auch erlaubt der Abputz die Verwendung schlechterer Steine und das Gebäude sieht Anfangs eleganter aus. Wenn man aber die Kosten eines sorg=fältigen Abputzes summirt, so glaube ich, kommt der Rohbau mit Ziegelsteinen, die Fugen mit Cement verstrichen, nicht theurer zu ste=hen, und es fallen die Verunstaltungen weg, welche ein allmählig so zu sagen sich schälendes Haus darbietet, sowie die Kosten häufiger Re=paraturen. Der Engländer verwirft den Abputz fast durchgehends, er vermuthet in jedem Hause, welches nicht im Rohbau aufgeführt ist, ein schlechtes Baumaterial, und daß der Rohbau ästhetischer ist, wird meines Erachtens im Princip seit Schinkel jetzt nicht mehr angefochten. Wenn der Grundbesitzer sich die Mauersteine selbst brennen kann zu seinen Arbeiterwohnungen, so werden bei jedem

Brände gewiß so viel Steine erster Qualität sich finden, daß sie als Verblendsteine dienen können und daher auch nicht eben theuer sein. Noch will ich nicht unerwähnt lassen, daß in England die Wohnhäuser überhaupt und neuerdings auch alle Arbeiter=häuser mit hohlen Mauersteinen gebaut werden. Es ist zur Fabrikation derselben freilich eine Presse erforderlich, welche für kleine oder temporäre Ziegeleien anzuschaffen nicht verlohnt, wo es aber irgend möglich ist, hohle Mauersteine zu erlangen, da ist es für die Trockenheit der Wohnung und die Temperirung derselben ein vortreffliches Mittel; nur sehr guter Thon gehört auch zu den Hohlsteinen. Ein Luftkanal in der Außenwand, den man von Zeit zu Zeit mit Stroh ausbrennen kann, oder eine Pappschicht, zwischen Fundament und Mauer gelegt, sind eben=falls ein gutes Schutzmittel gegen die Grundfeuchtigkeit, welche in einstöckigen Arbeiter=Häusern bei fehlendem Souterrain leicht emporsteigt.

IV.

Das Dach. Wer jemals unter einem starken fest eingedeck=ten Rohrdach gewohnt hat, wird gern zugeben, daß es für den Winter kein wärmeres und für den Sommer kein kühleres Dach als ein solches giebt, es also zwei große Annehmlichkeiten und Factoren für die Gesundheit in sich vereinigt. Ebenso verhält sich ein stark gelegtes Strohdach. Leider aber ist die Feuersgefahr bei diesem Material eine so erhebliche, daß man trotz der Bil=ligkeit, leichten und geringfügigen Reparatur auch für ungeübte Hände dennoch allmählig zur Abschaffung dieser Dächer in ge=schlossenen Dörfern drängt; und das mit Recht, denn selbst bei Arbeiterhäusen, welche nur aus einem Parterre bestehen, ist oft=mals der Verlust an Menschenleben in Feuersbrünsten zu bekla=gen, das Mobiliar und das Viehinventar fast nie zu retten. Man hat Lehmschichten auf die Strohdächer gebracht, das Umherfliegen der brennenden Strohmassen zu verhüten, aber dadurch wurde das

Dach sehr schwer und verlangte einen weit kostbarern Dachstuhl in stärkeren Hölzern. Derselben Gefahr der Brennbarkeit ohne den sonstigen Vortheil der Stroh- und Rohrdächer unterliegen die Holz- und Schindeldächer, wiewohl bei diesen ein Wasserglasanstrich möglich ist und bedeutenden Schutz gewährt.

Sicherer in Feuersgefahr haben sich die Pappdächer bewährt. Sie sind billig und bei sorgfältiger Wiederholung des Theeranstriches dauerhaft, nur heftige Stürme sind ihnen gefährlich, insofern ein solches Pappdach in wenigen Minuten vom Sturm erfaßt, aufgerollt und einige hundert Schritte weg über den Köpfen der Inwohner weggetragen werden kann; das Material ist dann gewöhnlich gänzlich verloren. Im Sommer aber ist es unerträglicher als vielleicht in den Bleikammern Venedigs unter einem solchen Pappdach zu wohnen, auch der weiße Anstrich der schwarzen Oberfläche schützt nicht viel gegen die Hitze und im Winter sind sie kein genügendes Schutzmittel gegen die Kälte, wenn sie auch allerdings den Vorzug der Trockenheit besitzen.

Trotz des stärkeren Dachstuhls, welchen sie erfordern, und des kostspieligen Materials, bleiben demnach die Ziegel- und Schieferdächer — von den Metalldächern in unserem Falle gänzlich abgesehen — die zweckmäßigsten für Arbeiterwohnungen. Dem Uebelstande, welchem beide Deckarten unterliegen, daß sie im Winter auf der Innenseite durch die feuchten Niederschläge stets naß sind, dadurch den Bodenraum (die üblichen Wittwenstuben) zu einem ungesunden Aufenthalt machen, auch die unter demselben aufbewahrten Materialien schädigen, kann man insofern begegnen, als man sie nach innen durch Bretter verschalt. Als die vollkommenste Bedeckung für Wohnungen, besonders wo der Boden zu Zimmern benutzt wird, erachte ich das mit Dachpfannen eingedeckte und unterhalb in dieser Weise mit Brettern bekleidete Dach, wie es in den Küstenländern an Nord- und Ostsee vielfach gebräuchlich, freilich aber in guter Ausführung auch theuer ist.

Ein warmes Dach ersetzt aber dennoch niemals die Stuben-

dec:e und ein wesentlicher Grund der kalten Wohnstube ist ein un=
dichter Hausboden. Wenn auch ein starker Lehmauftrag recht schwer
ist und stärkere Unterlage erfordert, so würde ich bei einem ein=
stöckigen Tagelöhnerhaus dennoch stets zur Anfertigung eines sol=
chen rathen.

V.

Nach Entschluß über die drei Hauptpunkte: Grundplan, Mauer=
werk und Dach, betrachten wir die Bauausführung selbst.

Zuerst die Wahl des Platzes. Nur zu schnell ist man oft
mit dieser Wahl fertig: da ist irgend ein freier Raum vorhan=
den, der sonst nicht recht zu benutzen, und deshalb ein willkom=
mener Bauplatz wird; oder es entscheidet ein Weg, die Nähe oder
Entfernung vom Hofe und dergleichen nützliche aber nicht aus=
schließlich maßgebende Rücksichten. Unsere Vorfahren hatten durch
ihr freieres Leben mit und in der Natur ein feines Unterschei=
dungsvermögen gewonnen für die Zweckmäßigkeit eines Wohn=
platzes. Noch heut nach Jahrhunderten müssen wir ihren Scharf=
sinn bewundern, mit welchem sie an die Gründung der ersten
Niederlassung gegangen sind, und wie sie trotz der damaligen
unsicheren Eigenthumsverhältnisse doch mit Sachkenntniß den Cha=
rakter des localen Climas studirt haben. Nicht in gleicher Weise
preisen wir jetzt immer die neuen Wohnplätze: uns erscheint eine
Lage für ein Vorwerk und Arbeiterwohnungen oft verlockend und erst
zu spät stellt sich heraus, das Wasser, Quellbildung, Untergrund,
Schutz gegen Wind und Unwetter, Gas und Nebelbildungen, locale Fröste, Sommer und Winter, nasse oder trockne Jahre die
größten Uebelstände je nach dem Vorwiegen der Jahreswitterung
mit sich bringen. Insbesondere ist in einem welligen seenreichen
Diluvialland oder Plateau die Wahl eines Bauplatzes, zumal wo
derselbe nicht im Anschluß an ein bestehendes Dorf geschieht, eine
recht schwierige. In solchen Fällen sind Bohrversuche auf größere
Tiefe, um die Erdschichten und deren Verhalten zum unterirdischen

Wasser zu prüfen, das erste Erforderniß; demnächst Thermometer-
beobachtungen während eines Jahres auch die der Abweichungen
innerhalb des Tags. Ist ein Dorf bereits vorhanden, so mögen diese
Untersuchungen überflüssig sein, um so mehr sind dann aber die
sanitätlichen Verhältnisse, insbesondere die Abfuhr der Düngstätte,
die Auswaschungen durch Regenwasser, Schneeanhäufung, Schwierigkeit der Communication zwischen den Gebäuden ins Auge zu
fassen. Besonders erwägenswerth ist die Entfernung des Arbeiter-
hauses vom Wirthschaftshof. In all zu großer Nähe ist der
Communismus bezüglich des Brennmaterials oder anderer Lebens-
bedürfnisse zwischen Arbeiter und Gutsherrschaft leicht sehr stö-
rend, ein weiter Weg indessen vom Arbeitsplatz zur Wohnung
besonders in kurzen Tagen bringt einen großen Zeitverlust mit
sich, welcher zum Theil wohl den Arbeiter, zum Theil aber auch
die Herrschaft trifft, also beiden nachtheilig wird. Daß sich in
Familiencalamitäten die Arbeiter leicht untereinander helfen können, ist eine nicht zu unterschätzende Rücksicht bei Wahl der Wohnplätze, und wenn ein Hülferuf deutlich gehört werden kann, wo
Niemand zum Schicken vorhanden, so kann Hülfe auch eher recht-
zeitig eintreten. Nähe der Schule, der Kirche, nicht allzu große
des Kruges möge ebenfalls erwogen werden. Mir sind oftmals
Fälle vorgekommen, wo Arbeiter, und gerade die ernstesten und tüch-
tigsten, ihre gute Wohnung verlassen haben nur, weil der Schul-
unterricht im Winter bei starken Schneestürmen für die Kinder
unmöglich geworden, zumal wenn sie unter solchen Verhältnissen
noch mit Schulstrafen belegt wurden. Schützende Baumgruppen,
namentlich Nadelhölzer erhöhen den Werth des Wohnplatzes außer-
ordentlich, besonders auch durch die Bewahrung des Dachs vor
Zerstörungen bei eintretenden Stürmen.

Ueber die Fundirung, die Art der Verbindung der Materialien und der Construction der Wände enthalte ich mich, als spe-
ciell bautechnischer Gegenstände, der näheren Bemerkungen. Nur
möchte ich für den Bauherrn selbst darauf hinweisen, daß es bei

dem alljährlichen Fortschritt in der Hochbaukunst, nicht gerathen ist, nur die Minimalsätze im Voranschlag anzunehmen, oft ist mit geringer Mehrausgabe eine recht große Vervollkommnung zu erreichen. So zum Beispiel hat sich in England die Drainirung des Fundaments mit dreizölligen Drainröhren bei ländlichen Arbeiterwohnungen völlig eingebürgert, ebenso wie die Landwege ja sogar die Fußsteige dort drainirt werden. Es ist ein Irrthum, wenn man das Drainiren nur als eine Ableitung von unterirdischer Nässe betrachtet. Durch die Circulation der Luft in den leeren Drains wird der ganze Unterboden durchlüftet, erwärmt, von tagnirenden Gasen befreit. Daß eine solche Operation günstig auf Erhaltung des Hauses und auf den Aufenthalt in demselben wirken muß, ist unleugbar. Ein fernerer Punkt ist, das Fundament nicht aus Sparsamkeit mit der Oberfläche aufhören zu lassen, sondern ein wenig darüber zu erhöhen. Wo wohlhabende Arbeiter sich ihre Häuser selbst erbauen, wie ich dies in den Rheingegenden viel gesehen, da begegnet man meistens diesen schönen Fundamenten, also wird es sichtlich zweckmäßig sein. Nur warne ich davor, den Eingang zur Hausthüre dann durch eine höhere Stein- oder Holztreppe herzustellen, dieselbe ist für kleine Kinder, die sich selbst überlassen sind, eine stete Gefahr und besonders bei mangelhafter Reparatur im Winter eine verderbliche Passage. Eine allmählig ansteigend in Stein gefaßte Kiesaufschüttung mit einer höchstens zwei Stufen, erfüllt am besten ihren Zweck. Ist man doch von den erhöhten Perrons auf den Eisenbahnen auch endlich abgegangen, freilich erst nach mancher traurigen Erfahrung.

Ein sehr gefährlicher Feind der Hauswand ist die Dachtraufe, und wenn nicht schon um der Nützlichkeit des weichen Wassers zur Wäsche und dergl. willen die Dächer mit Rinnen aus Zink oder Gußeisen zum Auffang des Regens und Schneewassers versehen werden sollten, so müßte es doch wenigstens geschehen um die verderblichen Wirkungen der Traufe abzuhalten. An vielen Häusern befinden sich selbst unter den Traufen nicht einmal gepflasterte Rinnen oder wenn sie vorhanden, so sind sie mit Erdreich verschlammt. So sickert nun das Regenwasser recht behaglich in den Erdboden und feuchtet aus diesem Wasserreservoir Fundament, Fußboden und Seitenwände allmählich wie einen Schwamm. Ist das Fundament drainirt, so hilft dies freilich auch ein Wenig gegen solchen Uebelstand.

Nunmehr zu der innern Einrichtung der Wohnräume übergehend beziehe ich mich zuvörderst auf die zu Anfang beschriebenen verschiedenen Grundpläne, und knüpfe daran die Vertheilung der Räume innerhalb der vier Wände. Der Engländer legt in das Erdgeschoß gewöhnlich nur Wohnstube und Küche, die Schlafräume befinden sich eine Treppe hoch; der Americaner befolgt bei seinen ländlichen Arbeiterwohnungen und Ansiedelungen in den Ackerbaudistricten das Princip, alle Räume in eine Parterre-Etage zu legen, ebenso der Schotte und Alt-Germane. Zu leugnen ist nicht, daß der Bau in zwei Etagen, zumal wenn die obere sehr leicht gebaut wird, im Verhältniß zur bewohnbaren Quadratfläche erheblich billiger ist und besonders da gewohnheitsmäßig eintritt, wo das Bauterrain theuer ist. Auch gewinnt man in der oberen Etage trockenere Räume. Wiederum aber fragt es sich, ob nicht die Mehrarbeit der Frau eine so erhebliche ist, durch das öftere Steigen der Treppe, daß sie den anderen häuslichen Verrichtungen dadurch entzogen wird. In England habe ich von den Arbeitern öfter die Antwort bekommen, wenn ich ihre Wohnungen rühmte: „Splendid but rather too large for us, it takes a good deal of time to keep it clean." Auch leiden die Zimmer des oberen Stockes, falls sie nicht aus Stein oder Lehm sondern nur aus Bretterwänden bestehen, wie dies meistens der Fall ist, an dem Uebelstand einer enormen Hitze im Sommer und widerstehen im Winter nicht der Kälte, so daß ich öfter die obere Etage gar nicht benutzt fand, und die Familie ein Zimmer mehr zur ebenen Erde weit lieber gesehen hätte.

Ein fernerer Punct ist die Verbindung der Zimmer unter einander. Viele Thüren nehmen viel Raum fort und geben viel Zug, besonders wenn sie schlecht gearbeitet sind und nicht schließen. Daher ist es gerathen auf Kosten der leichteren Communication die Zahl der Verbindungsthüren zu beschränken. Eine Thür zwischen Flur und Wohnstube und entweder eine directe Thür zwischen Flur und Kammer oder letztere steht unmittelbar mit der Wohnstube in Verbindung. Die Küche bedarf keiner besondern Verbindung mit der Stube, da sie im Winter wenig benutzt wird und im Sommer die Thüren innerhalb der gesammten Wohnung offen stehen können. Die Verbindung der unheizbaren Kammer mit der heizbaren Wohnstube hat leicht den Einfluß, daß in der Kammer die Gegenstände stark stocken, weniger findet dies Statt, wenn die unheizbare Kammer mit dem Hausflur verbunden ist, — ich will aber keiner dieser beiden ausschließlich das Wort reden.

Der Hausflur und die Küche werden am besten mit Natursteinen, wie sie in geeigneter Qualität zu haben sind, oder mit gut gebrannten Klinkern, nach holländischer Manier auf hoher Kante, gepflastert; dem Küchenpflaster giebt man in England eine kleine Neigung und womöglich einen verstopfbaren Durchlaß nach Außen für das Ausgußwasser; ich halte dies nur für zweckmäßig, wo die Küche so groß ist, daß sie als Wohn- und Eßraum selbst benutzt wird, wie in England und Nordfrankreich; für unsere Verhältnisse würde es unbrauchbar sein. Die sogenannten Ausgußöffnungen sind in der Regel ein Winkel für Ansammlung einer großen Masse unreinlicher und sehr bald in Fäulniß übergehender Stoffe, deren Fortschaffung aus der unmittelbaren Nähe der Mauer nicht schnell genug bewerkstelligt werden kann.

Das Wohnzimmer mit Steinen zu pflastern oder mit Cement auszugießen halte ich nicht für gerathen. Steine sind sehr kalt und im Winter nur durch Ueberdecken von Strohmatten für den Arbeiter brauchbar, denn sowie Kinder, auch Erwachsene mit bloßen warmen Füßen auf eine kalte Steinplatte treten, so kann im Augenblick eine Wochen anhaltende Erkältung erzeugt und zu rheumatischen sowie gichtischen Leiden früh der Grund gelegt wer= den. Ein guter Lehmestrich ist zwar unansehnlich und muß öfters reparirt werden, aber in der Regel auch beliebter bei den Arbeitern. Dielen, aber auch von Holz geschnitten, welches nicht allzu gewaltig splittert, kurz dick und mit Querhölzern, sind un= leugbar bei einer an Reinlichkeit gewöhnten Bevölkerung das er= sprießlichste Fußbodenmaterial, nur muß man sie nicht aufdrängen.

Die Innenwände der gesammten Wohnungen müssen alljähr= lich im Sommer, wo in schönen Tagen die Möbel ohne Beschwerde zum Theil herausgeschafft werden können, gründlich geweißt wer= den, besser mit einer geringen Kohlenstaubzumengung grau ge= strichen. Bei dieser Gelegenheit ist es eine sehr empfehlende Vor= sicht, alle Ecken, Ritzen, kleine Oeffnungen auch des Hausbodens mit Cement oder Gips zu verstreichen, um dadurch jedem Ein= nisten von Ungeziefer und Mäusen erfolgreich entgegenzuarbeiten. Aus diesem Grunde erachte ich das Tapeziren des Wohnzimmers, wiewohl dies fast billiger zu stehen kommt, nicht rathsam, weil dadurch diese jährliche treffliche Generalreinigung leicht in Weg= fall kommt.

Die Hausthüren nach innen sich öffnend und in einen Falz einschlagend anzubringen, ist zwar für die Stadt geboten, nicht so für die ländliche Wohnung. Hier empfiehlt es sich die Haus= thür von Außen anschlagend zu machen. Die Angeln werden unmittelbar in das Mauerwerk eingelassen, die Holzzarge fällt ganz fort und die Thür schlägt nicht in einen Falz, sondern reicht etwa zwei Zoll über die Kante des Mauerwerks hinaus. Es fällt bei dieser Einrichtung das lästige Verquellen fort, die Hausthür, welche stets der Unbill des Wetters ausgesetzt ist, hat Raum sich auszudehnen und zusammenzuziehen, ohne daß sie un= dicht wird, oder sich klemmt. Im Winter kann sie von innen weit besser verwahrt und das Schneeeintreiben verhindert werden. Ein starker keilförmiger Holz= oder Eisenschieber, welcher auch an= geschlossen werden kann, bildet den Verschluß. Die Thür muß von starken Brettern gearbeitet werden und wird dadurch schwer zu regieren, deshalb ist eine Theilung der Thür in eine obere kleinere und untere größere Hälfte sehr praktisch. Der obere Theil bleibt im Winter stets geschlossen, man geht gebückt in das Haus, und im Sommer kann wiederum die untere Hälfte verschlossen sein, so daß Unbefugte nicht in das Haus eintreten können und doch durch Oeffnung der oberen Thür frische Luft in die Wohnung kommt. Diese letztere Einrichtung ist wahrscheinlich eine sehr alte germanische, denn man findet sie, trotzdem sie neuerlich gering geschätzt wird, an alten ländlichen Häusern über ganz Deutschland und England verbreitet.

———

Die Fenster sind in der Regel eine rechte Calamität in den Arbeiterwohnungen. Sie werden von zu geringem und schwachem Holz gearbeitet, gehen zu Anfang eng im Falz und quellen im Winter so an, daß sie nicht geöffnet, oder wenn sie geöffnet werden, nicht fest geschlossen werden können, und alle möglichen gewundenen Richtungen annehmen. Die stark sich im Innern an der Scheibe niederschlagende Feuchtigkeit thut das Ihre zur Verschlimmerung des Zustandes, — in wenigen Jahren sind die Fenster davon so verstockt und zugig, daß sie der Erneuerung bedürfen, um denselben traurigen Kreislauf von neuem zu beginnen. Man hat diesem Uebelstand vergeblich durch eiserne Fenster abhelfen wollen, doch die Feuchtigkeit erzeugt bald solchen Rost und Undichtheit des Verschlusses, daß das Uebel ebenso groß geworden wie bei den hölzernen. Die einzige Abhülfe dagegen ist das Doppelfenster.

Es klingt sehr luxuriös: Doppelfenster in einem Arbeiterhaus, wo manche elegante städtische Häuser noch nicht einmal solche besitzen und doch ist die Anlage des Doppelfensters mit nicht zu schmaler Luftschicht, das erfolgreichste Mittel, die Stube auch in dem rauhesten Winter warm zu halten. Die nassen Niederschläge verlieren sich gänzlich, und die Fenster selbst halten Jahre lang ohne Reparatur. Ich habe zu meiner Freude in Ungarn diesen Luxus bei Anlagen von neuen Arbeiterhäusern auf den Gütern der National-Bank durchweg ausgeführt gesehen. Flügelfenster eignen sich für unser kälteres Klima besser als die holländischen und englischen Schiebefenster. Ein hölzerner, nicht zu schwerer, von Außen angebrachter Fensterladen, im Winter gegen die Kälte, im Sommer gegen die Sonne schützend, ist empfehlenswerth, ebenso eine hochziehbare Strohmatte.

Die Feuerungs-Anlagen richten sich zum Theil nach den climatischen Verhältnissen, zum Theil nach der Art des zu verwendenden Brennmaterials, zum Theil nach den Gewohnheiten der in dieser Beziehung sehr zähen Landbevölkerung, z. B. ob der Rauchfang zugleich als Rauchkammer dienen soll und dgl. mehr. In Holland, Belgien, Frankreich, England reicht der Camin vollständig zur Erwärmung der immerhin kleinen Räume aus. Nicht so in Teutschland. Daher haben auch die aus England insbesondere direct herübergenommenen Feuerungs-Einrichtungen sich durchaus nicht bei unseren Arbeiterwohnungen bewährt, so schön und zweckmäßig sie uns in England selbst vorkommen. Die deutsche Arbeiterwohnung verlangt einen tüchtigen, sehr fest gebauten Backstein-Ofen, oder besser noch aus gebrannten aber unglasirten Kacheln. Ein solcher muß außerdem einige besondere Vorrichtungen erhalten, z. B. eine sogenannte Hölle, d. h. einen behaglichen Zwischenraum zwischen Wand und Ofen, um nach Art des Russischen Hauses ein gelindes Dampfbad jederzeit nehmen zu können, ferner Mittel um die durchnäßten Kleider mit Bequemlichkeit zu trocknen, an Haken oder oben auf der Decke des Ofens, welche stets sehr fest gebaut werden muß. Ein drittes ist die in dem Ofen zugleich anzubringende Kochgelegenheit. Im Winter kocht die Arbeiterfrau stets in der Stube, und oft müssen ja die zu Haus bleibenden Kinder diese Arbeit besorgen. Ich habe gefunden, daß, wo sogar eine recht behagliche Küche außer der Wohnstube vorhanden war, in kalten Zeiten diese fast nie benutzt wurde. Eine eiserne Kochplatte mit Ringen und nicht zu

hoch vom Boden ist also ein unbedingtes Erforderniß eines Tag=
löhner=Stubenofens. Auch ist es weit zweckmäßiger den Ofen
von innen zu heizen, sowohl wegen der Bequemlichkeit als wegen
der strahlenden Wärme aus dem Heizloch und behufs allmähliger
Ventilation des Zimmers. Eine sehr starke aber ohne Schrauben
mit einfachen Hebeln construirte luftdichte Thüre ist sehr zu empfeh=
len und zur Vermeidung jeden Unfalls eine Ofenklappe gänzlich
weg zu lassen. Die innere Einrichtung des Ofens muß derart
sein, daß im Winter die heißen Gase durch den ganzen Ofen cir=
culiren, im Sommer direct aus der Feuerung in den Schorn=
stein entweichen. Besser ist es vielleicht, je nach dem Wunsch der
Insassen für den Sommer einen kleinen Kochkamin einzurichten.

Das angenehmste Brennmaterial ist für den Tagelöhner stets
das Holz, und wo in holzreichen Gegenden die Gelegenheit wahr=
genommen wird, das sogenannte Raff= und Leseholz sorgfältig zu
sammeln, da kann mit großer Sparsamkeit eine solche Feuerungs=
art organisirt werden. Leider aber herrscht in holzreichen Gegen=
den gerade die größte Verschwendung mit Holz. Torffeuerung ist
demnächst vorzuziehen, weniger gut sind Steinkohlen und am
schlechtesten die erdigen Braunkohlenarten, weil bei diesen der
Dunst in der einen Stube oft unerträglich wird, und außerdem
durch das langsame Abbrennen zu viel erwärmte Luft dem Zimmer
entzogen wird. In keiner häuslichen Angelegenheit aber kann
man so sehl greifen als in der Einrichtung einer dem Arbeiter
und seiner Familie unliebsamen Koch= und Feuerungsanlage.
„Vernunft wird Unsinn, Wohlthat Plage," und der Weg, Ver=
besserungen einzuführen, muß hier nicht anders als durch gemein=
same Berathung des Bauherrn mit dem Arbeiter geschehen!

Eine Brotbackvorrichtung kann zwar mit dem Ofen verbun=
den werden, doch ist die Erbauung eines mehreren Familien ge=
meinsamen Backofens, allerdings auch mit einem Vorgelege, wel=
ches überdacht ist, und bei ungünstiger Witterung für die backenden
Frauen einen genügenden Schutz darbietet, in der Regel vor=
zuziehen.

Als eine von mehreren Familien gemeinschaftlich zu benutzende, überaus zweckmäßige Einrichtung möchte ich bei dieser Gelegenheit auch auf einen Trockenplatz für Wäsche hinweisen. Wie unordentlich erscheint und wie verderblich für die Wäsche ist das Aufhängen derselben über Zäunen, Düngerhaufen und dergl., während ein guter kurz gehaltener sauberer Grasplatz mit regelmäßig gesetzten Pfählen, auch einigen dazu geeigneten Bäumen, für Ordnung und Erhalten des dürftigen Wäsch=Capitals der Arbeiter eine nicht zu unterschätzende Wohlthat ist und noch mehr wenn ein Raum zu einer gemeinschaftlichen Wäscherolle in der Nähe angelegt wird. Selbstredend gehört zum Arbeiterhaus mehrerer Familien ein gemeinsamer Brunnen mit Röhre, dessen Schwengel nicht zu schwer gehen darf, weil die Kinder in der Regel die Wasserholer sind. Die unbedeckten Ziehbrunnen existiren zwar noch vielfach sogar in England, gehören aber der Anlage nach in die Vorzeit oder sind doch nur in ganz besonderer Localität gerechtfertigt. Vielfach begegnen wir dem Fall, daß auch der Abort mehreren Familien gemeinschaftlich angewiesen ist. Wenn nun dies auch schon ein Fortschritt gegenüber dem Zustand zu nennen, wo überhaupt kein besonderer Ort dazu bestimmt ist, so ist doch diese Gemeinsamkeit aus Gründen der Sittlichkeit, Gesundheit und Reinlichkeit gänzlich zu verwerfen. Auch ein besonderer alleinstehender Holzverschlag ist widerwärtig. Am rathsamsten ist es, in dem jeder Familie zugetheilten besonderen Stall, über dessen Einrichtung ich später sprechen werde, auch den Abort einzurichten. Die Fäcalmassen auch die eventuell in Gefäßen aus dem Haus geschafften, werden dann mit dem Dünger des Viehes gemengt auf den womöglich recht nahe gelegenen Acker oder Garten gebracht und so besonders bei Typhus und Cholera am unschädlichsten gemacht und am höchsten verwerthet.

VI.

Anknüpfend an das, was ich oben bereits über die Wahl des Bauplatzes gesagt, füge ich noch einige Bemerkungen über die Umgebung des fertigen Hauses hinzu. Wenn man in den Städten ängstlich geizt mit einer das Haus rings umgebenden Luftschicht und einem Hausgärtchen, so ist dies ja allerdings erklärlich, unerklärlich aber ist es, wenn auf dem Lande, wo Raum und Bauplatz reichlich vorhanden, die Arbeiterhäuser kasernenartig und hart an der Straße dicht nebeneinander aufgepflanzt werden. Wie überaus unsauber erscheinen oft die Plätze vor den Wohnungen der Taglöhner, im Sommer characteristisch durch üblen Geruch, im Winter durch Glatteis bis zu Eiskegeln emporsteigend. Mir sind Dörfer bekannt, wo die Landstraße vor solchen dem eigenen Gutsherrn gehörigen Häusern zur Zeit für Fuhrwerk förmlich unpassirbar ist, und nicht nur gegen alle menschlichen Rücksichten, sondern, was in den Augen des Wegecommissarius noch weit schwerer wiegend ist, gegen die polizeilichen Vorschriften verstößt. Die Schuld liegt zwar meistens nicht an dem gegenwätigen Besitzer, sondern an dem früheren, der die Häuseranlagen gemacht hat, gleichwohl ist es ein Mißstand! Wie anders erscheint, dem Auge und Herzen wohlthuend, ein Arbeiterhaus, ein wenig von der Straße zurücktretend, eine kleine Hecke mit Gärtchen und einer Bank vor der Front; wie ermunternd zur Hebung des Sinns für das Schöne und Saubre und veredelnd für die Natur des Menschen überhaupt. Wie angenehm sticht ein Dorf mit Hausgärten zwischen den einzelnen Häusern ab gegen einen kahlen Wohnungscomplex. Wenn es freilich möglich ist, nicht bloß zur Verschönerung, sondern auch zur Erziehung von dem nothwendigen Gemüse und einiger Kartoffeln, ein Stückchen Gartenland in der unmittelbaren Umgebung des Hauses zu reserviren, so ist dies der vollkommenste, für jetzt freilich meist noch ideale Standpunkt. Die Zeitersparniß ist für den Mann und die Frau, welche genau nach Zeit oder Stücklohn bezahlt werden, etwas schwer in das Gewicht fallendes und ein Verlust einer Stunde Hin- und Herwegs zum Kartoffelacker ein weit empfindlicherer Verlust für den Arbeiter, der sie mit Tageslohn aufwiegen muß, als für denjenigen welcher auf festen Jahreslohn oder Getreidedeputat gestellt ist.

(22)

VII.

Zu einer ländlichen Arbeiterwohnung gehört ein **Stall**, geräumiger oder kleiner je nach der Ermöglichung der Viehaltung. Wie weit letztere sich ausdehnt, oder ausdehnen darf, hängt vornehmlich von den Quantitäten Futters oder der Größe des Acker- resp. Wiesenstückes ab, welches dem Arbeiter zur Disposition gestellt wird. Leider wird dieser Grundsatz nicht immer befolgt, und dem Arbeiter mit großer Liberalität das Halten von Vieh gestattet, ihm aber selbst überlassen, wie er sich das Futter beschafft. Nach einem natürlichen Hange des Menschen dehnt denn Letzterer die Viehaltung der Stückzahl nach möglichst aus, ernährt dadurch die einzelnen Thiere schlechter, hat sonach weniger Nutzen als bei Einschränkung der Viehzahl, und außerdem ist der Futterdiebstahl dadurch sehr nahe gelegt.

An vielen Orten ist es noch kaum Sitte, einen fundamentirten Stall für den Arbeiter zu bauen; Letzterer schlägt ihn sich selbst zusammen aus alten Brettern, Bohlen, Holzpfählen, Stroh, und so stehen diese feuergefährlichen und überaus häßlichen Baracken als ein Denkmal eines ungeordneten Löhnungsverhältnisses regellos in der Dorfstraße umher. Wenn ein Guts- oder Fabrikherr sich in die Lage und Denkweise einer Arbeiterfamilie versetzt, wie sich oft das Dichten und Trachten mehr um die kleine Viehaltung dreht, als um die Schule, Staat und Kirche, so wird er gern diesem Gedankenkreise durch zweckmäßige Einrichtungen Rechnung tragen.

Ein Stall dieser Art muß dicht bei der Wohnung liegen, so daß die Hausabfälle mit Leichtigkeit dorthin getragen werden können, daß die Wartung und Beaufsichtigung des Viehes bequem und ohne großen Zeitverlust bewerkstelligt werden kann. Am zweckentsprechendsten sind daher diejenigen Einrichtungen, welche ich bei dem Grundplan No. 3 angegeben habe, wo durch einen besonderen Ausgang der Verkehr mit dem Stall ermöglicht ist.

Als Bauart ist besonders bei Schweinhaltung ein festes Feldsteinfundament zu empfehlen und darauf Massivbau, innen und unten mit starker Holzbekleidung gegen das Wühlen. Um das Heraufbringen des Futters zu erleichtern und einen größern, bequemeren und besser benutzbaren Bodenraum zu gewinnen ist es zweckmäßig die Frontseite höher aufzumauern und das Gebäude mit einem sogenannten halben Dache abzudecken. Da der Stall meistens auch einige größere Geräthe, Schubkarren, Handwagen und das Brennmaterial aufnehmen muß, so darf er nicht auf das Minimum beschränkt werden. An Quadratraum erfordert eine einzelne Kuh mittlerer Größe etwa 3 Quadrat-Meter, ebenso viel 2 Mastschweine, eine Ziege 1,5 Quadrat-Meter; für Hühner findet sich überall ein Plätzchen. — Frische Milch, Speck und Eier sind von den animalischen Producten die wichtigsten, welche einer Arbeiterfamilie zu Gebot stehen müssen. Kann von dem Guts-hof die frische Milch zu einem mäßigen Preise verkauft werden, so ist dies der Kuh- oder Ziegenhaltung der Tagelöhner in der Regel vorzuziehen und der Stallraum darf demnach kleiner an-gelegt werden. Schweine sind aber unentbehrlich, wenn nicht die Abfälle geradezu verschwendet werden sollen, und durch die Kleie und das Schrot, welches beim Mahlen des Getreides abfällt, ist auch ein Mastfutter gegeben.

Wenn ich diese Einzelheiten des Lebensbedarfes erwähnt habe, so geschah es, weil die Besprechung der Wohnungsfrage sich nicht trennen läßt von der des täglichen Brotes in der lutherschen Be-deutung des Wortes, dem Einkommen und der Form des Genusses.

Der Zweck der Wohnung ist: dem Familienleben, der Ge-sundheit, dem Behagen zu dienen, und Allem was im Bereich dieser drei Factoren liegt, die Pflicht der Gesellschaft aber ist es, dies Ziel in allen Einrichtungen zu erstreben.

Druck von J. Trager's Buchdruckerei (G. Feicht) in Berlin.